CU00943743

Einau

Stor.. .. ...

329

Collana diretta da Orietta Fatucci

Titolo originale: *Récits Merveilleux de Noël*
Prima pubblicazione 2004, Albin Michel Jeunesse, Parigi
© 2004 Albin Michel Jeunesse, Parigi
Tutti i diritti sono riservati
© 2005 Edizioni EL, San Dorligo della Valle (Trieste)
© 2007 Edizioni EL, per la presente edizione

ISBN 978-88-7926-646-8

www.edizioniel.com

Josette Gontier

Meravigliosi
racconti di Natale

Traduzione di Mauro Rossi

Illustrazioni di Aurélie Abolivier, Aurore Callias
Mathilde Lebeau, Marjorie Pourchet

Einaudi Ragazzi

Meravigliosi racconti di Natale

Il primo Natale

Tradizione cristiana

Un tempo ormai lontano, i Romani avevano conquistato buona parte del mondo fino ad allora conosciuto. Il loro impero si estendeva dai piú remoti deserti ai mari ancor piú lontani, e l'imperatore Cesare Augusto regnava su tutte queste terre e sulle loro genti.

Un giorno l'imperatore decretò che venisse fatto un censimento dell'intera popolazione: voleva conoscere il numero esatto dei propri sudditi, in modo che nessuno potesse sottrarsi alle pesanti tasse imposte da Roma ai popoli sottomessi. Ciascuno doveva recarsi nel paese di nascita per dichiarare nome e professione.

Anche Maria e Giuseppe si misero in cammino alla volta di Betlemme, nella Giudea, dov'erano nati. Giunsero nella cittadina la sera tardi, e la trovarono invasa da una gran folla: uomini e donne, sfiniti da un viaggio lungo e faticoso, vagavano alla ricerca di un alloggio dove riposarsi. Maria e Giuseppe si misero anch'essi a cercare un posto per dormire.

– Siamo al completo! – strillò un locandiere, senza prendersi nemmeno il disturbo di aprire la porta.

– Non c'è piú posto! – sghignazzò un altro, rallegrandosi alla vista della propria taverna piena zeppa di avventori.

– Abbiate un po' di misericordia, – implorava Giuseppe. – Mia moglie sta per avere un bimbo, deve riposare!

Nessuno, però, prestava orecchio alle sue suppliche. Solo un locandiere, commosso dalle condizioni in cui si trovava quella povera coppia di viandanti, acconsentí a condurli in una stalla che possedeva poco fuori città.

Giuseppe aiutò Maria a scendere dall'asino che l'aveva portata in groppa durante il faticoso viaggio, e insieme entrarono nella stalla, dove li accolse un piacevole tepore. Fu proprio lí che Maria diede alla luce il suo bambino: lo avvolse con delle bende e lo depose nella mangiatoia, dove ebbe bionda paglia per giaciglio.

– Ti chiamerai Gesú, – gli disse dolcemente.

L'asino e il bue si accostarono al neonato, chinandosi su di lui per riscaldarlo con il loro fiato.

In quella fredda notte di dicembre, sulle colline circostanti alcuni pastori erano intenti a custodire le greggi. Nel cielo, limpidissimo, scintillavano innumerevoli stelle: una di esse cominciò a brillare di una luce straordinaria, e un chiarore piú intenso del giorno avvolse gli uomini, che furono presi da stupore e sgomento. All'improvviso apparve l'angelo Gabriele, che disse loro: – Non abbiate timore, vi porto una buona notizia: questa notte il Figlio di Dio, Gesú il Salvatore, è nato a Betlemme. Lo troverete mentre giace nella mangiatoia di una stalla.

Poi una moltitudine di angeli invase il firmamento e iniziò a cantare: – Gloria a Dio nell'alto dei cieli, e pace in Terra agli uomini di buona volontà!

9

Vinto il primo stupore, i pastori si chiesero cosa dovessero fare. Si misero a parlare tutti insieme, ponendosi mille domande, e infine cosí decisero: – Raduniamo le greggi, e andiamo a Betlemme per rendere omaggio a questo bambino! – Quindi si misero in cammino, guidati dalla stella che brillava vivida nel cielo.

Non passò molto tempo che trovarono Maria, Giuseppe e il bimbo, intento a riposare nella mangiatoia: si inginocchiarono dinanzi a lui e lo adorarono come se si trattasse di un re. Poi fecero ritorno alle loro case, per diffondere la buona notizia...

I Re Magi

Tradizione cristiana

A quei tempi, l'immenso impero romano era diviso in numerosi regni, governati da sovrani scelti dall'imperatore Cesare Augusto. Sulla Giudea regnava Erode, un monarca tanto crudele quanto colmo di perfidia.

Un giorno giunsero dal lontano Oriente tre uomini, che si presentarono al cospetto di Erode, nel suo palazzo di Gerusalemme. Erano uomini di grande saggezza, particolarmente versati nello studio dei corpi celesti, e venivano chiamati i Re Magi.

– Abbiamo scoperto una nuova stella, – dissero a Erode, – che annuncia un avvenimento straordinario: è nato il Re destinato a salvare il mondo intero!

– È falso! – esclamò Erode. – Sono io il re di Giudea. Io e nessun altro!

Dominata la propria ira, il sovrano volle chiedere il parere dei consiglieri e degli studiosi che vivevano a palazzo.

– Secondo le antiche scritture, – spiegarono costoro, – il Re che Dio ha promesso agli uomini nascerà a Betlemme.

Udite queste parole, Erode fu colto da un improvviso timore. Tuttavia ritornò ben presto in sé, e fece chiamare al suo cospetto i Re Magi.

– Andate pure sino a Betlemme, – disse loro, con gli occhi colmi di rabbia, – e quando avrete trovato questo vostro nuovo re, fatemelo sapere, in modo che anch'io possa recarmi a rendergli omaggio!

I Re Magi si misero in cammino. La stella che faceva loro da guida li condusse sino alla stalla dove si trovava il Bambino Gesú. I tre uomini entrarono, si avvicinarono alla mangiatoia in cui giaceva il Re dei Re e dinanzi a lui si inginocchiarono in adorazione.

– Ti ho portato l'oro, – disse Melchiorre, dai capelli bianchi e dalla lunga barba, – perché tu sei il nostro Re.

– Ti ho portato l'incenso, – disse Gaspare, giovane e imberbe, – in omaggio alla tua natura divina.

– Ti ho portato la mirra, – disse Baldassarre, dalla pelle nera, – servirà a imbalsamare il tuo corpo, poiché la tua vita terrena non sarà lunga...

Maria li ringraziò commossa per quei doni regali.

Appena si furono addormentati, sfiniti dalle fatiche del lungo viaggio, i Magi fecero uno strano sogno. Una voce possente intimava loro: – Guardatevi da Erode! E non fate ritorno al suo palazzo! Egli non deve sapere dove si trova Gesú, perché le sue intenzioni sono malvagie.

Al loro risveglio, i tre uomini scoprirono di aver fatto tutti quanti lo stesso sogno. Decisero dunque di ritornare al loro paese attraverso una strada diversa da quella percorsa all'andata.

Non vedendoli tornare, Erode divenne furibondo.

– Dovevano rivelarmi dove si trova quel bambino! – ruggí incollerito, – lo avrei fatto uccidere subito, perché io solo devo regnare sulla Giudea, e dopo di me i miei figli!

Erode dovette riconoscere di essere stato ingannato. Folle di rabbia, ordinò che fossero uccisi tutti i bimbi maschi di età inferiore

ai due anni nati nel suo regno: cosí nessuno sarebbe divenuto re al suo posto.

Ma l'angelo Gabriele apparve in sogno a Giuseppe e lo avvertí dei funesti propositi del tiranno.

– Alzati, e lascia subito Betlemme assieme al bambino e a sua madre, – gli intimò l'angelo. – Recatevi in Egitto, dove troverete rifugio.

Essi obbedirono, e rimasero in Egitto sino alla notizia della morte di Erode...

Un abete da sogno

Germania

Un povero taglialegna viveva con la sua famiglia in una capanna nel fitto di una foresta. Era inverno, e gli alberi erano chini sotto il loro candido mantello di neve. Durante il giorno, quando un pallido sole faceva capolino, le impronte lasciate da cervi e caprioli disegnavano bizzarri arabeschi sul biancore immacolato della neve.

Una sera il taglialegna, la moglie e i due figli si erano appena messi a tavola, di fronte a un bel piatto di zuppa fumante, quando qualcuno bussò alla porta. Chi poteva essere lí fuori, in una notte cosí fredda?

L'uomo si affrettò ad aprire: sull'uscio gli apparve un bambino piccolo piccolo, solo in mezzo alla neve. La moglie del taglialegna lo accolse in casa e gli diede subito da mangiare.

Per quante domande facessero moglie e marito, per sapere chi fosse, da dove venisse e dove fosse diretto, il giovane viandante si ostinava a restare in silenzio. Il taglialegna gli offrí comunque la sua ospitalità, e cosí la famiglia e quell'inatteso visitatore si addormentarono nel dolce tepore del focolare, mentre fuori il gelido vento di dicembre fischiava tra gli alberi.

Il mattino seguente la famigliuola si accorse con non poco stupore che il bambino era sparito, e al tempo stesso udí delle voci melodiose che sembravano provenire dal cuore della foresta. Spalancata la porta della loro povera dimora, al taglialegna e ai suoi apparvero degli angeli che cantavano cori di ringraziamento per aver accolto il Bambino Gesú.

– Mi avete aperto la vostra porta senza esitare, – disse il bimbo, – e mi avete accolto fra voi. Voglio che la vostra generosità sia conosciuta da tutti e non venga mai dimenticata!

Detto questo, sfiorò con la mano un piccolo abete che si trovava accanto alla porta della capanna: – Possa quest'albero riscaldare i vostri cuori. E che i suoi rami portino doni agli uomini e diffondano fra loro la stessa bontà che voi mi avete dimostrato questa notte.

A quelle parole, l'abete si illuminò di mille luci sfavillanti, e i suoi rami si piegarono sotto il peso di moltissimi doni.

Quando sei sui monti o in una foresta, e senti un fruscio improvviso... fermati e resta in ascolto. Sono gli abeti, che raccontano questa meravigliosa storia al loro amico vento, e sognano i decori scintillanti con cui verranno avvolti all'avvicinarsi del Natale.

Le decorazioni di Natale

Polonia

Tanto tempo fa, in un villaggio sperduto ai confini di una vasta pianura spazzata dai venti, viveva un piccolo ragno. La capanna dove abitava era tutt'altro che ampia e lussuosa, ma ci si poteva accontentare, soprattutto d'inverno, quando la neve ricopriva i campi per lunghi mesi e soffiava il gelido vento di dicembre. Allora il ragnetto era felice di quell'umile dimora. Quasi felice, a dir la verità, perché talvolta veniva colto da una profonda tristezza.

La padrona di casa, infatti, si ostinava a scacciarlo a colpi di scopa non appena lo scorgeva... I bambini lanciavano urla stridule ogni volta che si avventurava fuori dal suo rifugio... Anche il gatto, grande e grosso, che se ne stava sempre a sonnecchiare davanti al caminetto, fuggiva a zampe levate quando lui gli si avvicinava.

«Non è affatto giusto» si lagnava tra sé e sé il ragno, zampettando veloce al sicuro. «Io non voglio fare loro alcun male!» Infine, si rassegnò a lasciare il suo buco solo di notte.

Un giorno che tutti erano usciti, scivolò in punta di zampe fuori dalla tana e si diresse verso il soggiorno. Ma ciò che vide lo impietrí: passando davanti a uno specchio, vide riflessa una creatura dal corpo tozzo, nero e peloso, da cui spuntavano otto lunghe zampe piglia-tutto e due occhi sporgenti e inespressivi... Per la prima volta nella sua vita, il ragno aveva visto la propria immagine.

Ora tutto si spiegava! Se scappavano sempre da lui, era a causa del suo abominevole aspetto. Con il cuore gonfio di amarezza, il ragnetto corse a rifugiarsi nella stalla, dove trovò un vecchio e macilento asino e gli raccontò le sue disavventure.

– Suvvia, non essere triste! – cercò di consolarlo l'asino. – Anch'io non sono una bel-

lezza, con queste lunghe orecchie, sai bene che tutti si prendono gioco di me.

Salito in groppa all'asino, il ragno scorse un bel po' di mosche che tormentavano il povero animale e decise di eliminarle: infatti, erano proprio il suo cibo preferito!

– Ti ringrazio, – disse l'asino. – Se vuoi rimanere qui con me, sarai il benvenuto. È un posticino tranquillo, dopotutto!

Fu cosí che da quel momento il ragnetto si trasferí dal suo amico asino.

Una notte, un improvviso tramestio interruppe la placida monotonia della vita nella stalla. Muovendosi con cautela lungo la trave che aveva scelto come riparo, il ragno si trovò di fronte a uno strano spettacolo: proprio sotto di lui c'era un neonato che giaceva sulla paglia della mangiatoia. Sembrava avere un gran freddo. Senza esitare, prestando solo ascolto al suo buon cuore, il ragno iniziò a tessere una delicata ragnatela con cui ricoprí il bambino.

– Come potrò mai ringraziarti? – esclamò Maria, incredula. – C'è una cosa che desideri piú di ogni altra?

– Vorrei essere bello! – rispose il ragno.

– Ahimè, non posso far nulla per migliorare il tuo aspetto, – si dolse Maria, – sei stato creato cosí... ma per ricordare te e la tela che hai tessuto per mio figlio, ogni anno a

24

Natale la gente decorerà i propri abeti con fili d'oro e d'argento.

Ecco perché gli alberi di Natale sono decorati con mille fili luccicanti! Alcune storie narrano anche di un ragno, vestito a festa, che si nasconde tra i loro rami e si dice porti felicità e fortuna...

La leggenda di san Nicola

Belgio, Paesi Bassi

C'erano una volta tre bambini molto poveri, che se ne andavano per i campi a raccogliere le spighe di grano rimaste dopo il passaggio dei mietitori. La farina che il mugnaio avrebbe dato loro in cambio di quelle poche spighe sarebbe servita alle madri per preparare un po' di frittelle.

I tre bambini erano a tal punto affaccendati nella spigolatura, che non si avvidero che il sole aveva iniziato a sparire lentamente all'orizzonte. D'un tratto si alzò il freddo vento serale, che li fece rabbrividire, mentre lungo i bordi dei campi si allungavano sempre piú le ombre degli alti alberi, simili a braccia mostruose pronte a ghermirli.

E ora, in quella notte che si faceva nera come l'inchiostro, con il vento che ululava minaccioso, come avrebbero fatto a ritrovare il sentiero di casa?

I bimbi si sentirono perduti, si strinsero forte l'un l'altro e, pieni di spavento, scoppiarono in singhiozzi. Ma ben presto il più grande si fece coraggio, si arrampicò svelto su un albero da dove vide brillare, in lontananza, una debole luce...

– C'è una casa, laggiú! – strillò, con il cuore colmo di speranza. – Qualcuno ci aiuterà!

– Ci riaccompagneranno a casa, vedrete! – disse un altro bimbo.

– Non perdiamo altro tempo, andiamo! – concluse il piú piccolo dei tre.

Toc! Toc!
– Chi è? – chiese una voce aspra e ostile.
– Siamo tre bambini che si sono perduti. Fateci entrare, vi prego!

La porta della capanna finalmente si aprí e sull'uscio apparve un uomo. Piú che un uomo un gigante, ecco cos'era, con in mano un enorme coltellaccio. Un brivido corse lungo la schiena dei tre fanciulli.

– Coraggio, entrate! Non restate là fuori con questo tempo da lupi, – disse l'omaccione. – Stavo proprio per mettermi a tavola. Una bella minestra calda farà bene anche a voi!

I bimbi si scambiarono uno sguardo impaurito. Ma un bel fuoco crepitava nel focolare, e un goloso profumo di minestra giungeva invitante sino a loro. Cercando di vincere i propri timori, i fanciulli entrarono nella stanza.

– Sono un macellaio, – si presentò il padrone di casa, – e devo dire che siete capitati proprio a puntino... Avevo quasi finito la mia scorta di carne sotto sale! – Detto ciò, chiuse la porta dietro a sé con un massiccio chiavistello.

Quel che accadde allora, è troppo orribile da raccontare.

– Abbiate pietà di noi, signor macellaio! – gridò il piú grande dei tre bambini.

– Lasciateci tornare a casa! – supplicò il secondo.

– Siamo cosí piccoli! – implorò il terzo.

Le loro preghiere non servirono a nulla. Il macellaio li uccise tutti e tre, li tagliò a pezzi e li mise nel barile dove conservava la carne sotto sale. Da quel giorno, dei tre fanciulli nessuno seppe piú nulla.

Erano trascorsi ben sette anni, quando,

durante uno dei suoi viaggi, san Nicola si trovò a passare dinanzi alla casa del macellaio. Era una notte di dicembre squassata da tuoni e lampi, e il santo, sfinito dal lungo cammino, chiese ospitalità all'uomo.

– Entrate, entrate mio buon santo, – lo accolse il macellaio, spalancando la porta. – Venite a scaldarvi davanti al fuoco mentre vi preparo qualcosa da mangiare. Volete del salame?

– Mi disgusta il tuo salame e mi fa passar la fame! – rispose san Nicola.

– Preferite un po' di arrosto?

– Del tuo arrosto, oltre al sapore, mi ripugna anche l'odore!

– Vi porto una polpetta?

– Non ne voglio neanche una fetta!

– Cosa mai volete dunque? – si spazientí il macellaio.

– Voglio carne sotto sale! – disse Nicola. – Ti ricordi? Tu sai quale!

Sotto lo sguardo terrorizzato del macellaio, san Nicola sollevò il coperchio del barile dov'erano conservati i corpi smembrati dei fanciulli e pronunciò lentamente queste parole: – Voi che nelle tenebre dormite, tornate alla vita senza ferite.

Poi stese la mano con tre dita aperte sopra il barile, e fu allora che avvenne il miracolo.

– Che bella dormita! – disse il più grande dei fanciulli.

– Ma adesso è finita! – esclamò il secondo.

– Com'è dolce la vita! – gioí il più piccolo.
– Si è fatto giorno! Presto, torniamo a casa!

Temendo una terribile e meritata punizione, il macellaio tentò la fuga, ma il santo lo afferrò e gli intimò: – Non scappare! Pentiti sinceramente e Dio ti perdonerà!

Da quel giorno, la vigilia del 6 dicembre tutti i bambini appendono una calza alla cappa del camino: sanno che san Nicola non si dimenticherà di loro!

La conta di san Nicola
Italia

San Nicola di Bari
festa degli scolari,
festa o non festa
a scuola non si resta,
sole o non sole
la scuola chi la vuole,
la voglion gli scolari
che son tutti somari,
la scuola la chiudiamo
ci diam tutti la mano,
facciamo tre saltelli
suoniamo i campanelli,
facciamo una danza
facciamo la vacanza,
mettiamo poi le ali
perché arrivano i regali.

La vera storia di Santa Claus

Stati Uniti d'America

Durante una fredda notte d'inverno dell'anno 1626, si scatenò una violenta tempesta.

In mare aperto, un vascello lottava contro la furia dei marosi. Le raffiche impetuose del vento sollevavano alte onde di acqua salmastra, mentre la tramontana sibilava fra il sartiame degli alberi e brandelli di vela svolazzavano contro un cielo nero come l'inchiostro, simili a banderuole di un vascello fantasma.

Ma il veliero che stava affrontando l'oceano non era affatto un vascello fantasma. Era salpato dal porto di Amsterdam solo poche settimane prima, facendo rotta verso l'America settentrionale. Al posto delle tradizionali polene a forma di sirena che a quei tempi ornavano la prua delle navi, quel vascello aveva un insolito busto di san Nicola, che in lingua olandese veniva chiamato *Sinter Klaas*, protettore dei marinai. A bordo erano ammassate alcune centinaia di persone: si trattava di povera gente, costretta ad abbandonare il proprio paese nella speranza di trovare una vita migliore sull'altra sponda dell'Atlantico.

Per giorni e giorni il veliero restò in balia del mare in tempesta, nell'angosciosa attesa che un'onda piú forte lo consegnasse per sempre agli abissi. Passeggeri ed equipaggio erano ormai allo stremo, quando finalmente la nave si arenò su un banco di sabbia.

Al pari di molti altri, anche il giovane Olof era partito alla volta del Nuovo Mondo in cerca di fortuna, per procurarsi un pezzo di terra che gli desse di che vivere. Si era imbarcato come marinaio, e a forza di andare su e giú per le sartie ora era mezzo morto dalla fatica.

Olof scese dal veliero, si sdraiò sul bagnasciuga e si addormentò per lo sfinimento.

Fu allora che gli apparve in sogno san Nicola. Il santo stava fumando la pipa, e il fumo andava a formare un'enorme nuvola che aleggiava sopra i naufraghi addormentati.

– Voglio che questi emigranti costruiscano una città nel luogo indicato da questa nuvola di fumo, – disse san Nicola, e proprio in quell'istante la nuvola si fermò sopra un'isola. – Se questi naufraghi fonderanno una città lungo questa costa, io vi farò ritorno ogni anno, nel giorno della mia festa, per distribuire doni a tutti i bambini.

Il marinaio si svegliò di colpo e raccontò lo strano sogno ai compagni.

Dopo qualche tempo cominciò a sorgere una città proprio sul tratto di costa indicato dal santo, e piú precisamente sull'isola di Mana-Hatta, dove viveva una tribú indiana. La città fu chiamata Nuova Amsterdam, in omaggio ai coloni olandesi che l'avevano fondata.

Nuova Amsterdam crebbe rapidamente, divenne sempre piú grande e popolosa: oggi tutti la conoscono con il nome di New York.

Per i piccoli newyorkesi, e per tutti i bambini degli Stati Uniti, *Sinter Klaas* è diventato Santa Claus, o Babbo Natale. Ogni anno,

il 25 dicembre, Santa Claus mantiene la promessa fatta quel giorno ormai lontano: porta doni e giocattoli a tutti i bimbi, che lo attendono sempre con la stessa trepidazione.

Astro del ciel

Austria

La storia di questo canto natalizio è, a sua volta, un bellissimo racconto di Natale.

Si narra che a Oberndorf, un piccolo villaggio austriaco, i topi avessero rosicchiato il mantice dell'organo della chiesa, mettendo fuori uso lo strumento. Era la sera del 24 dicembre 1818. Il pastore Joseph Mohr, scoraggiato, andò a trovare il suo vicino, il maestro Franz Gruber, e gli lesse una sua poesia. Poi gli chiese di comporre una melodia da suonare con la chitarra, visto che l'organo era stato danneggiato.

Nacque cosí, in quella vigilia di Natale, *Stille Nacht, Heilige Nacht*. Il canto fu eseguito la notte stessa, durante la messa di mezzanotte: da allora si è diffuso in tutto il mondo ed è stato tradotto in piú di cento lingue.

Astro del ciel, Pargol divin,
mite Agnello Redentor!
Tu che i Vati da lungi sognar,
Tu che angeliche voci nunziar,
luce dona alle genti
pace infondi nei cuor!

Luce dona alle genti
pace infondi nei cuor!
Astro del ciel, Pargol divin,
mite Agnello Redentor!
Tu di stirpe regale decor,
Tu virgineo, mistico fior,
luce dona alle genti
pace infondi nei cuor!
Luce dona alle genti
pace infondi nei cuor!

Astro del ciel, Pargol divin,
mite Agnello Redentor!
Tu disceso a scontare l'error,
Tu sol nato a parlare d'amor,
luce dona alle genti
pace infondi nei cuor!
Luce dona alle genti
pace infondi nei cuor!

Quando gli animali parlavano

Spagna

Un tempo ormai lontano, gli animali parlavano e sulla Terra regnava la pace. Tutti gli esseri viventi si comprendevano e vivevano in perfetta armonia.

Il mattino di Natale, comare donnola e compare volpe conversavano amabilmente sotto un albero di noce.

– Non trovi che sia curioso, cara volpe? – chiese la donnola rompendo un guscio di noce. – Fino a poco tempo fa, non c'era nulla che mi piacesse come stanare i leprotti dai loro nascondigli. E ora guardami: mangio le noci e le trovo deliziose!

– E che dire di me? – disse la volpe. – Non avevo mai neppure assaggiato una mela, e ora mi sembra un cibo degno di un re!

Detto ciò, addentò di gusto una bella mela matura.

Frrr! All'improvviso si udí un frullo d'ali. Era un'aquila che si stava avvicinando. La donnola non si mosse neppure: ormai sapeva che non aveva nulla da temere dal rapace.

L'aquila si posò a terra, in un cortile, e in un turbinio di piume e lanugine accorse una moltitudine di pulcini.

– Venite, venite piccini, – li incoraggiò l'aquila. – Vi ho portato delle belle spighe di grano maturo che ho raccolto apposta per voi nei campi!

Poi, con lo sguardo pieno di tenerezza, restò a osservare i pulcini che si affrettavano a becchettare i chicchi di grano. Quindi spiccò il volo per fare ritorno al suo nido, che si trovava tra le cime coronate di nuvole.

E gli uomini, che facevano gli uomini? Be', anche gli uomini erano tutti amici tra loro. Sulla Terra regnava la felicità, poiché era nato il Figlio di Dio e aveva predicato l'umiltà e l'amore.

Ma un giorno al villaggio degli uomini arrivò un vecchio; sembrava avesse cent'anni, il volto segnato dal gelo dell'inverno e dal sole ardente di molte estati.

– Voi vivete senza pensare al domani! – disse agli abitanti del villaggio. – Questa vostra pace rischia di non durare a lungo! Forse non è che una tregua...

– Una tregua? – lo apostrofò un giovane, fra risate di scherno. – Lo sai oppure no che il Figlio di Dio è sceso in Terra?

– Lo so bene, – rispose il vecchio.

– E allora?

– Il mondo è fatto in modo tale che nessuno può cambiarlo, – continuò il vecchio. – Il sole si alza tutte le mattine sopra i monti e sprofonda ogni sera nel mare. Verrà un giorno in cui il lupo, creato per nutrirsi di carne, riprenderà a divorare gli altri animali piú deboli di lui. E anche l'uomo ridiverrà un lupo nei confronti degli altri uomini...

– Perché parlare di queste cose tristi quando viviamo cosí felici? – chiesero gli abitanti.

– Fareste meglio a ritornare alle vostre fatiche e ai vostri eterni litigi! – insistette il vecchio.

– E tu faresti meglio ad andartene per la tua strada, – gli intimò qualcuno in tutta risposta, con una voce che tradiva una rabbia crescente.

– Vattene di qua, vagabondo! – gli gridò qualcun altro, sputandogli in faccia.

Un altro ancora, fattosi piú ardito, gli scagliò contro un sasso.

Il sasso colpí il vecchio, e un rivolo di sangue comparve sul suo volto.

– Ve l'avevo detto, – ammoní con dolcezza, – il male non abbandona facilmente il cuore degli uomini. Voi ne avete appena fornito la prova!

L'uomo riprese zoppicando il suo cammino. Nessuno lo rivide mai piú.

Ancora oggi si racconta che al dodicesimo rintocco della mezzanotte, alla vigilia di Natale, gli animali si mettono a parlare tra loro, proprio come accadeva ai tempi ormai lontani di questa storia. Ma colui che si arrischia ad ascoltarli, paga cara la sua audacia, e diventa muto... Questa almeno è la conclusione di questa strana storia.

La notte dei troll

Norvegia

C'era una volta un uomo che era riuscito a catturare un enorme orso bianco. Decise di farne dono al re. Era la vigilia di Natale, e il brav'uomo si mise in cammino attraverso l'immensa pianura ricoperta di neve. Quando giunse la sera, sfinito per aver lottato tutto il giorno contro il vento gelido, bussò alla porta di una capanna.

– Io e il mio orso abbiamo bisogno di un riparo per la notte! – disse all'uomo che gli aprí la porta.

– Mi spiace, ma nessuno può trovare rifugio qui stanotte, – rispose l'uomo, che si chiamava Halvor. – I troll entrano in questa casa tutte le notti di Natale, e io stesso devo abbandonarla, assieme alla mia famiglia.

– I troll non mi fanno paura! – esclamò il viandante. – Il mio orso dormirà accanto alla stufa e io mi stenderò sul pavimento, vicino a lui. Ce ne andremo alle prime luci dell'alba.

L'uomo supplicò a tal punto di conceder-
gli ospitalità, ripetendo che non aveva alcun
timore dei troll, che alla fine il padrone di
casa si lasciò convincere e gli permise di restare.

Mentre il viandante e l'orso si riscaldava-
no accanto alla stufa, Halvor e i suoi inizia-
rono a preparare la casa per i troll. Appa-
recchiarono la tavola con una bella tovaglia,
poi vi disposero alcuni capaci vassoi colmi
di pappa di riso, di *ribbe*, ovvero saporite
coste di maiale guarnite di salsicce, di pol-
pette e di pesce. Vi erano poi cotolette d'a-
gnello essiccate e salate con contorno di pa-
tate e purè di rape. E per finire, un *ju-
lekake*, delizioso dolce con le uvette aro-
matizzato al limone. Un vero e proprio ban-
chetto, insomma. Infine, la famiglia se ne
andò.

Passarono solo pochi istanti, e arrivarono i
troll. Alcuni erano minuscoli, altri erano piut-
tosto grandi; qualcuno aveva la coda,
qualcun altro ne era
sprovvisto; tutti
però avevano

un nasone a forma di cetriolo e una lunga barba. Subito si misero a mangiare e a bere, facendo un gran baccano. Tutto d'un tratto uno dei troll scorse il massiccio orso bianco accucciato accanto alla stufa. Con la forchetta infilzò una salsiccia, per poi agitarla davanti al muso dell'animale.

– Ti va una bella salsiccia, cucciolone?

Alzandosi sulle zampe posteriori, l'orso proruppe in un terribile ruggito, e tutti i troll fuggirono a gambe levate.

Passò un anno. Era nuovamente la vigilia di Natale, e Halvor stava tagliando la legna nel bosco quando udí una voce che lo chiamava: – Halvor! Halvor!

– Sono qui! Cosa vuoi da me? – chiese il taglialegna.

– C'è sempre a casa tua quella creatura diabolica? – A parlare era Nisse, uno dei troll che abitavano nel fitto bosco.

– Certo! È sempre lí, accovacciata vicino alla stufa. Anzi, ha pure fatto i piccoli: sono sette, grossi e feroci quanto lei!

– Se è cosí, non verremo da te, né quest'anno, né mai piú! – strillò il troll, credendo alle parole dell'uomo.

Naturalmente, Halvor non aveva detto la verità, ma i troll, si sa, sono molto creduloni... In realtà, il viandante e il suo orso se

n'erano andati già l'anno prima. E da allora in poi, Halvor e i suoi familiari poterono gustarsi i manicaretti della vigilia di Natale senza doversi piú preoccupare degli ingordi e chiassosi troll.

Canto di Natale

Gran Bretagna

Era la vigilia di Natale. Una fitta nebbia copriva la città di Londra, penetrando fino nelle case attraverso la piú piccola fessura, il piú stretto buco di serratura. Lungo le strade, le facciate degli edifici assomigliavano a fantasmi, mentre i passanti svanivano nella foschia come ombre inquietanti.

Chiuso nel suo ufficio, Scrooge non si preoccupava affatto dei preparativi natalizi. Per lui contavano solo il denaro e il profitto, e il Natale non era nient'altro che una scusa

per giustificare spese inutili, un'occasione per ricordare che un altro anno era trascorso. Perciò non amava quella festa.

Nella ditta Scrooge & Marley (questo il nome riportato sull'insegna inchiodata sopra la porta dell'ufficio) si pensava solo a lavorare, e lavorare sodo. Marley era morto, e ora il suo socio conduceva gli affari con il pugno di ferro.

Intirizzito per il freddo, dato che il vecchio avaro per risparmiare non riscaldava neppure la stanza, Bob Cratchit, il suo impiegato, era intento a sgranchirsi le dita al debole calore della candela posta sullo scrittoio.

– Buongiorno zio! – esclamò a un tratto una voce gioiosa. Era quella di Fred, il nipote di Scrooge. – Sono venuto a invitarti al pranzo di Natale!

– Natale! Che sciocchezza il Natale. E poi io detesto i pranzi di famiglia, – replicò Scrooge. – Vai, vai pure, e lasciami lavorare!

All'ora di chiusura, Scrooge si rivolse al suo impiegato: – Suppongo che domani tu voglia la giornata libera. Te la concedo, ma poiché ti pago per non far nulla, dopodomani verrai al lavoro prima dell'alba.

Cratchit promise che l'avrebbe fatto, e si affrettò a rientrare al suo modesto alloggio, dove l'aspettavano la moglie e i figli. Anche Scrooge fece ritorno a casa sua, un tetro

edificio ubicato in fondo a un vicolo deserto. Ma appena richiusa dietro a sé la porta di casa, udí risuonare nelle stanze un rumore di catene trascinate per terra. Terrorizzato, il vecchio si rifugiò in camera e serrò la porta a doppia mandata, dopo essersi assicurato che nessuno si fosse nascosto sotto i mobili. Fu proprio allora che gli apparve innanzi il fantasma di Marley, il suo vecchio socio.

– Sono venuto a metterti in guardia! – esclamò questi con voce lugubre. – Queste catene che mi tormentano le ho forgiate io stesso nel corso della mia esistenza, per aver truffato la povera gente. Cambia vita, altrimenti avrai la stessa punizione! Stanotte riceverai la visita di tre spiriti, – proseguí il fantasma, – dovrai obbedire loro, se non vuoi che la tua sorte sia ancora piú terribile di quella che è toccata a me!

Ciò detto, scomparve in mezzo a uno spaventoso stridore di catene.

«Tutte sciocchezze!» si disse Scrooge, e di lí a poco si addormentò. Ma una strana sagoma apparve davanti ai suoi occhi: era quella di un bambino vestito con un'immacolata tunica bianca, stretta in vita da una cintura luccicante. In mano il bimbo teneva un ramo di agrifoglio.

– Sono lo spirito del Natale passato, – disse, – seguimi!

58

Appena pronunciate queste parole, afferrò Scrooge e, passando attraverso le pareti, lo portò in aperta campagna, nei pressi di una stradina ricoperta di neve. Attraverso la finestra di una casetta, Scrooge scorse una bella fanciulla: era la sua vecchia fidanzata, che egli aveva abbandonato molti anni prima perché priva di dote.

Dopo alcuni istanti, Scrooge si ritrovò nuovamente nella sua camera. Ma ecco apparire un altro spirito, vestito con una tunica color verde scuro e orlata di candida pelliccia.

– Sono il fantasma del Natale presente! Afferra la mia tunica e seguimi! – ordinò perentorio.

All'improvviso si ritrovarono entrambi nei pressi dell'abitazione di Bob Cratchit. Dalla finestra Scrooge vide l'impiegato e la sua famiglia: si erano appena messi a tavola per festeggiare il Natale.

– Chi è quel bambino che non riesce a camminare? – chiese Scrooge, indicando un fanciullo che si spostava con l'aiuto di una stampella.

– È il piccolo Tim, il figlio di Cratchit, – rispose lo spirito. – Per guarire, avrebbe bisogno di nutrirsi meglio.

Detto questo, lo spirito si dileguò per lasciare il posto a un fantasma gigantesco, coperto e incappucciato da un mantello scuro.

– Sei forse lo spirito dei Natali che verranno? – domandò Scrooge. – Vuoi mostrarmi le cose che non sono ancora accadute? Vuoi dirmi che presto morirò, non è cosí? Salvami, ti supplico! Ti prometto che cambierò! D'ora in poi onorerò il santo Natale dal piú profondo del cuore. Farò l'elemosina ai poveri, e non vivrò piú solo per il denaro e il profitto!

In quell'istante, Scrooge aprí gli occhi. Si ritrovò nel proprio letto, dentro la sua camera. Dall'esterno proveniva il piú gioioso scampanío che avesse mai udito: «*Din-don! Din-don! Din-don!*». Corse alla finestra e spalancò le imposte. La nebbia era scomparsa. Un'aria fredda e pulita gli accarezzò il viso, mentre un raggio di sole si fece strada sin dentro la stanza. Scrooge non si era mai sentito cosí felice. Sentiva i battiti del cuore come gli accadeva da bambino.

Nel corso della mattinata si affrettò a far consegnare al suo commesso un magnifico tacchino, raccomandando di non menzionare il nome del donatore. « È grande almeno il doppio del piccolo Tim!» gongolò tra sé e sé, con un'espressione radiosa.

Sceso in strada, fece generose elemosine ai poveri in cui s'imbatteva e non mancò di offrire qualche moneta ai cantori che intonavano canzoni natalizie. Poi corse a bussare

alla porta di suo nipote, dove gli fu riservata la piú calorosa accoglienza che si possa immaginare.

Il mattino seguente, Scrooge si recò all'ufficio di buon'ora. Bob Cratchit sarebbe arrivato in anticipo, come gli aveva chiesto di fare? L'orologio scoccò le otto, poi le nove... ma di Cratchit nessuna traccia. Infine, la porta si schiuse e lasciò intravedere il povero impiegato.

– Sono desolato, signore, – si scusò Bob. – Sono in ritardo...

– Lo vedo da me che sei in ritardo! – esclamò burbero Scrooge.

– Non accadrà mai piú, signore! È che ieri ho fatto un po' tardi e...

– Ma bene! – tagliò corto Scrooge. – E di conseguenza...

Cratchit si mise a tremare.

– Di conseguenza... – proseguí il suo principale, – ti aumenterò lo stipendio! Buon Natale, Bob! – esclamò infine a gran voce, con una vigorosa e amichevole manata sulla spalla. – E voglio anche aiutare la tua famiglia.

Scrooge non solo mantenne la parola data, ma fece anche di piú, molto di piú. Divenne un bravo principale, un amico generoso, uno zio affettuoso e un vero e proprio padre per il piccolo Tim. Fra i conoscenti di

Scrooge non mancò chi si lasciò andare a qualche sorrisetto beffardo di fronte a tutti quei cambiamenti, ma egli li lasciò fare. Da allora, a Natale, quel vecchio non piú avaro preparò le feste piú belle e gioiose che si possano ricordare.

(da *Canto di Natale*, di Charles Dickens)

Il lungo cammino di Babushka

Russia

C'era una volta una vecchina che abitava in una piccola isba nell'immensa tundra della lontana Russia. La sua casa si trovava nei pressi di un incrocio le cui stradine non si scorgevano neppure, tanta era la neve che le ricopriva. Era uno di quegli inverni rigidi e interminabili, come se ne conoscono solo in quelle terre lontane. Le campagne erano deserte, battute soltanto da qualche corvo in cerca di bacche rinsecchite dal gelo.

All'imbrunire la neve continuava a cadere copiosa, ma Babushka non aveva tempo di contemplare la bianca campagna, impegnata com'era nel fare le pulizie di casa: la sua capanna era la piú linda e curata dei dintorni.

All'improvviso, però, udí bussare alla porta.

– Chi è? – chiese.

Quando aprí si trovò dinanzi tre viandanti. Ciascuno portava sul capo una corona

d'oro e indossava un lungo mantello orlato di ermellino. Dietro a loro Babushka scorse degli strani animali, che non aveva mai visto prima di allora: erano dromedari, carichi di doni.

– Ci siamo persi, – disse il primo viandante, che si chiamava Gaspare, – abbiamo bisogno di riposarci un po'.

– Siamo i Re Magi, e veniamo dall'Oriente. Stiamo cercando un bimbo nato in una stalla, – proseguí il suo compagno, Baldassarre. – Una stella ci sta guidando da lui, ma ora il cielo è coperto e non la vediamo piú.

– Questo bimbo è il Re dei Re, – concluse Melchiorre, – e noi andiamo ad adorarlo. Gli portiamo in dono oro, incenso e mirra.

Babushka li fece entrare e offrí loro tutto ciò che aveva, pane nero e tè. Poi li sistemò accanto al fuoco scoppiettante, affinché si riscaldassero un po'.

– Vieni con noi, Babushka, – le proposero i Re Magi. – Ci saresti d'aiuto per ritrovare il cammino.

– Verrei... – rispose esitante Babushka, – ma non ho ancora finito i lavori di casa. Devo lavare i piatti, rassettare le posate... poi devo dare la cera ai mobili...

Non appena si furono rifocillati, i tre visitatori aprirono la porta: aveva smesso di nevicare, e la loro stella brillava nuovamente nel cielo. Con una rapida occhiata oltre le loro spalle, Babushka vide la vasta distesa della pianura innevata. Dietro di lei sentiva il crepitio delle fiamme nel focolare...

– Vi raggiungerò domani, – promise loro. – Non temete, riuscirò a riprendervi.

I Re Magi si congedarono. La loro stella luccicava come non mai, pronta a guidarli.

Babushka si dedicò nuovamente alle proprie faccende. Spazzò, lavò e strofinò finché la sua isba non fu lucida come uno specchio; poi, presa dal rimorso, decise di mettersi in cammino. Prima di partire, volle prendere da un armadio qualche vecchio giocattolo da portare con sé. Ma i giocattoli erano tutti sporchi e malandati, cosí si mise a lucidarli finché non presero a brillare come fossero nuovi. Solo a quel punto si mise in viaggio; la neve caduta nel frattempo, però, aveva cancellato le tracce dei Re Magi.

– Avete forse qualche notizia di un bambino nato in una stalla? – chiedeva ai rari viandanti in cui si imbatteva. – Dicono che sia il Re dei Re!

Qualcuno la guardava stupefatto, credendo che avesse perduto la ragione. Altri si limitavano a prendersi gioco di lei.

Babushka non riuscí a trovare il bambino. Da allora, ogni anno, la notte del 31 dicembre, Babushka si mette in cammino dopo essersi caricata sulle spalle un cesto pieno di giocattoli, e parte alla ricerca di Gesú Bambino. Entra in ogni casa, chiedendo se il bambino che dorme lí sia per caso proprio quello che stavano cercando i suoi strani ospiti.

Sfidando le raffiche di vento e le tempeste di neve, Babushka si avventura nella notte. «Coraggio, Babushka, va' avanti, va' avanti!» ripete fra sé e sé, passando da una casa all'altra. Quella notte, i bambini russi non vogliono addormentarsi, tanta è l'impazienza con cui l'attendono!

I doni della Befana

Italia

C'era una volta, tanti anni fa, una povera contadina che viveva sola soletta in una capanna ai margini di un villaggio. Tutti sapevano che era molto vecchia, anche se nessuno conosceva la sua vera età. Non riceveva mai visita, e tutto ciò che si sapeva di lei era che si chiamava la Befana.

Un giorno d'inverno, mentre raccoglieva la legna secca nel bosco, la vecchina vide tre uomini che si dirigevano verso di lei. Il primo avanzava a dorso di un cammello, il se-

condo sulla groppa di un elefante e il terzo montava un bel cavallo pomellato.

– Ci puoi indicare la strada verso Betlemme? – le chiese uno dei viandanti. – Stiamo andando a portare i nostri omaggi al Re Fanciullo, che è appena nato in una misera stalla. Egli è il Figlio di Dio, e noi vogliamo rendergli omaggio e offrirgli dei doni.

– Il Re Fanciullo? – si stupí la Befana. – Lasciate che vi accompagni! Il tempo di portare questa fascina di rami secchi alla mia capanna, e vi seguirò! Sapete, se la lascio qui, qualcuno me la ruberà senz'altro!

La Befana si caricò la fascina sulla schiena curva e si affrettò in direzione della sua capanna. Dopo averla deposta, ritornò nel bosco con il cuore colmo di gioia. Lei, che non aveva avuto bambini, poteva finalmente recarsi ad adorare un neonato, e non certo uno qualunque, ma il Figlio di Dio!

Ahimè! Quando raggiunse il posto dove aveva fatto lo strano incontro, non trovò piú nessuno. Quei bizzarri personaggi erano scomparsi. Di loro, non restava che qualche impronta di cammello sulla neve e tracce di sterco.

«Non posso essermeli mica sognati!» si disse la Befana.

Disperata e delusa, partí alla ricerca dei tre, che altri non erano che i Re Magi. Dato che non l'avevano aspettata, ora se la sarebbe sbrigata da sola! Tutta curva, appoggiandosi al bastone, si arrampicò su colline innevate, percorse valli ombrose dove scintillavano cascate di ghiaccio, attraversò torrenti ribollenti di schiuma e si addentrò nel cuore di intricate foreste...

– Avete forse visto tre re che montavano un cammello, un elefante e un cavallo? – chiedeva la Befana a tutti quelli che incontrava.

– Certo che li abbiamo visti, – si sentiva rispondere spesso, – sono andati da quella parte!

E ogni volta la povera vecchia riprendeva il cammino, con la segreta speranza di poterli ritrovare.

– No, non li abbiamo visti! – gli rispondevano talvolta i contadini che interpellava, oppure: – Sí, li abbiamo incontrati, ma è successo molto tempo fa, e hanno certo già lasciato il paese...

E la Befana si rimetteva in cammino, ancora speranzosa.

La leggenda narra che la Befana non ha mai ritrovato i Re Magi, ma che continua, senza stancarsi mai, a cercare il Re Fanciullo. Vestita di nero, a cavallo di un manico di scopa, ogni anno nella notte fra il 5 e il 6 gennaio solca il cielo, per poi scendere nei

camini e deporvi regali e dolcetti destinati a tutti i bambini. Quasi a tutti... a dir la verità, quelli disobbedienti nelle calze appese sotto la cappa del camino trovano solo pezzi di carbone.

– Quest'anno dovete comportarvi bene, – li ammoniscono allora i genitori, – vedrete che la Befana si ricorderà di voi!

– Promesso! Promesso! – rispondono i bimbi in coro.

I bambini italiani sono proprio fortunati! Babbo Natale li riempie di doni il 25 dicembre, e subito dopo, all'inizio di gennaio, la Befana ha in serbo per loro altri giochi e squisitezze...

Lo Schiaccianoci

Germania

Quando la piccola Maria entrò nel salone, scoppiò a ridere e si mise a battere le manine: in un angolo della stanza troneggiava un magnifico abete, mentre nel caminetto crepitava un bel fuoco di legna. Era la vigilia di Natale. Tutti i presenti stavano ammirando l'immenso abete scintillante di candele dalle fiammelle tremolanti. Ai piedi dell'albero, era ammonticchiata un'infinità di regali.

– Ecco i tuoi giocattoli, Maria, – disse il suo padrino, il signor Drosselmeier, porgendole un pacchetto tutto infiocchettato.

– Due bambole! – esclamò la piccina dopo aver tolto la carta scarlatta che avvolgeva la scatola. – Come sono belle!

– Mettile sul pavimento, e sta' a vedere!

Appena Maria ebbe posato le bambole a terra, queste presero a danzare un valzer leggiadro e sfrenato. Pazza di gioia, la bimba si mise anch'essa a ballare sotto lo sguardo pieno di tenerezza del signor Drosselmeier.

Bisogna dire che il padrino di Maria era un orologiaio, e nessuno era bravo come lui a fabbricare giocattoli meccanici. Maria ricevette in dono anche un soldatino di legno, con una bella uniforme rossa e blu e una spada nella mano.

– È uno schiaccianoci, – le spiegò il signor Drosselmeier, mettendo una noce fra le mascelle del soldatino.

– Voglio provarlo anch'io! – strillò Fritz, il fratellino di Maria. E con un gesto brusco, strappò il pupazzo dalle mani della sorella.

– Ridammelo! – strillò la bambina.

Troppo tardi! Il soldatino cadde a terra e la sua mascella si ruppe.

Maria fece un grosso sforzo per non scoppiare in lacrime. Per fortuna, il signor Drosselmeier riuscí a riparare il soldatino-schiaccianoci, poi salutò tutti e se ne andò.

Si era fatto tardi, i bambini rimisero i propri giochi ai piedi dell'abete e si avviarono verso la cameretta, dopo aver augurato la buonanotte ai loro familiari.

Nel cuore della notte, quando nella casa regnava un assoluto silenzio, Maria scese pian pianino le scale ed entrò nel salone per continuare a giocare con il suo bello schiaccianoci. Improvvisamente, udí un rumore soffocato, seguito da un flebile squittio... Apparve un topo, poi un altro, e un altro ancora... insomma, un piccolo esercito di roditori invase rapidamente la stanza. E, come rispondendo a un preciso segnale, i giocattoli presero vita tutti insieme. Si animarono anche i soldatini di Fritz, pronti a battersi contro l'invasore, ma i topi, feroci e numerosi, ebbero ben presto il sopravvento.

Con grande stupore di Maria, anche lo schiaccianoci prese vita. Ma in quell'istante si udí un rullare di tamburo, e un enorme, mostruoso topo con sette teste, ciascuna con una corona, fece il suo ingresso nella stanza. Quella bestia orribile era il re dei topi! Subito cercò lo schiaccianoci per affrontarlo in duello. Malgrado tutti i suoi sforzi e il suo valore, lo schiaccianoci finí a terra, sconfitto. Il re dei topi gli era già sopra per infliggere il colpo di grazia quando Maria, afferrata la pantofola, lo colpí con tale forza che la bestiaccia rimase stecchita.

– Mi hai salvato la vita! – disse lo schiaccianoci, rialzandosi. E dopo essersi rimesso in ordine la bella uniforme un po' sgualcita, proseguí: – Io sono un principe. Il re dei topi mi aveva fatto un sortilegio, da cui tu mi hai liberato. Per ricompensarti, ti farò visitare il mio reame, il Regno dei Dolciumi.

Piena di meraviglia, la bambina seguí il suo principe.

Che paese bizzarro! I giardini traboccavano di caramelle d'orzo, i cortili di canditi... Alcune case, fatte di pan di zenzero, erano circondate da enormi fiori di zucchero filato. Nell'aria aleggiava un delizioso aroma di cioccolato.

Il principe fece gli onori di casa a Maria, accogliendola nel suo palazzo.

– È il Palazzo di Marzapane, – le disse, mentre dinanzi a loro si spalancavano enormi porte fatte di torrone. La Fata Confetto accolse il principe e la bambina. Graziosa e lieve come un fiocco di neve, danzò per loro nella notte stellata. Maria non aveva mai assistito a uno spettacolo cosí magico!

Alle prime luci dell'alba, il principe riaccompagnò la bambina a casa. Attraversarono la foresta incantata su un cocchio di

glassa, che scintillava in mezzo alla neve, mentre Maria emetteva cristalline risate di gioia.

Din! Din! Din! Era la pendola del salone che batteva le ore: Maria si svegliò, stringendo tra le braccia il suo prediletto schiaccianoci.

Era stato tutto un sogno? Aveva veramente assistito al duello tra lo schiaccianoci e il re dei topi? Chi lo sa...

Certo quella era stata una meravigliosa notte di Natale, e Maria non l'avrebbe mai piú dimenticata.

(da *Lo Schiaccianoci e il Re dei Topi*,
di E.T.A. Hoffmann)

Indice

Meravigliosi racconti di Natale

Einaudi Ragazzi

Storie e rime

Pubblicazioni piú recenti

Finito di stampare per conto delle Edizioni EL
presso LEGO S.p.A., Vicenza

Ristampa					Anno		
4	5	6	7		2012	2013	2014